永遠という名の花

幻冬舎

これは〝マシェリ〟の物語です。

不思議な出会いだった。彼女からすれば、それは、運命の悪戯《いたずら》。神が与えてくれた奇跡に他ならなかった。

出会いは、突然訪れた。

彼女はその日、窓から差し込む陽の光を浴びながら、木製の手摺《てす》りを握り締めていた。

力を思い切り入れ、体を支える。彼女の筋肉の少ない腕は、すでに悲鳴をあげていた。しかし力を抜くわけにはいかない。今の彼女の体を支えているの

は、その華奢《きゃしゃ》な二本の腕だけなのだ。

思うように動かない両足を、ゆっくり引きずるようにして前にもっていく。普通の人が進む一歩が、彼女にとっては、血の滲《にじ》むような努力をした結果、ようやく進める距離だった。

泉沙耶《いずみさや》の足が言うことを聞かなくなったのは、一年前の事故が原因だった。夜、大学からの帰り道、後ろからやってきたトラックが彼女を撥《は》ね飛ばした。ドライバーの飲酒運転による事故だった。

彼女はその事故で脊髄《せきずい》を痛め、下半身が麻痺《まひ》してしまった。死ぬまで立つことはできないかもしれない、というのが医師の診断だった。

沙耶の両親は声をあげて泣いた。毎晩毎晩、彼女のベッドの横で、声をあげて泣いた。

しかしどういうわけか、沙耶は涙を流さなかった。悲しくなかったわけではない。辛《つら》くなかったわけでもない。

沙耶は思う。きっと、自分はあのとき、トラックに撥ねられたときに、死んだのだ。自分の心は死んだのだ。もう、悲しくても泣けない。人というのは、いきなり許容量を超える悲しみを与えられると、壊れてしまうものなのだろう。沙耶は、自分が壊れてしまった気がした。悲劇の渦中にいる自分を、まるでもう一人の自分が、渦の外から見ているかのようだった。

最初の頃は、何人もの友人が毎日病室に足を運び、沙耶が休んでいる間に大学で起こったことを面白おかしく話して聞かせてくれた。そして毎回、果物やお菓子、ファッション誌などを置いていってくれた。しかしその頻度は週一回になり、月一回になり、今では学期の初めと終わりくらいに、思い出したようにふらりと現れる程度になった。

しかし沙耶は、そんな友人たちを責める気にはなれなかった。もし自分が逆の立場だったら、毎日見舞いに行くだろうか。そう思うと、友人も自分も、変わらないということに気づいたのだ。

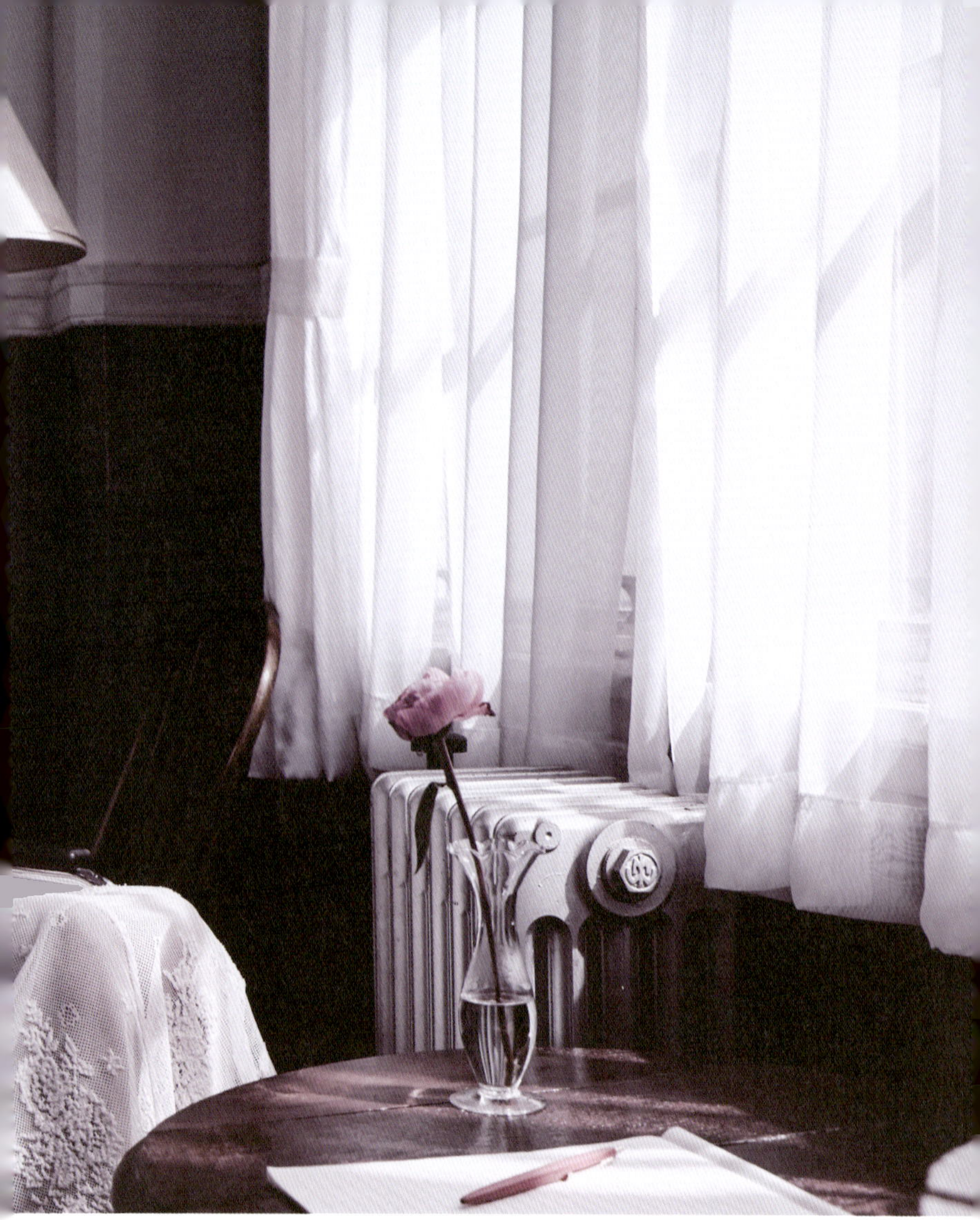

ただ、世界は、自分を置いてどんどん先に進んでいくのだと思った。

その感覚は、沙耶がベッドから起き上がり、車椅子で移動できるようになってからもあまり変わらなかった。外に出ているときの方が、病室で寝ていた頃よりも、当たり前のように自分の足で歩いている人々を目にした。彼らの姿を見るのが苦しかった。

それでも、涙は流れなかった。

それからしばらくして、沙耶の足は、僅《わず》かにだが反応を示すようになってきていた。上手《うま》くいけば、自分の力で歩くことは困難でも、立っていることくらいはできるようになるかもしれない。医師はそう言った。

それからだ。地獄のようなリハビリの日々が、始まったのは。

辛かった。自分の足で立つことがこれほどまでに難しいということを、それを苦もなくできている自分たちがどれだけ恵まれているかということを、世の中の人々は誰一人として自覚してはいない。当たり前のような顔をして歩いている人々の中で、必死に立ち上がろうとリハビリすることは、沙耶にとっては苦痛でしかなかった。自分のリハビリを応援してくれる看護師でさえ、彼女には敵に見えた。

やがて努力の甲斐《かい》あって、ようやく自分の足で立ち上がることは可能になった。しかし、すぐさま新しい壁が立ちはだかる。次に沙耶がやるべきことは、自分の足で一歩を踏み出すことだった。

薬品の臭《にお》いがかすかに香るリハビリ室。その中央に並んだ二本の木の手摺りの間に立ち、それを摑んで、腕で体重を支えながら、必死の思いで足を動かす。転ばないように体を支えているだけで精一杯だった。

それでも、沙耶は涙を流さなかった。

＊

「はぁ、はぁ、はぁ……」

沙耶はちらりと時計を見た。時計の針は、もうすぐ昼の十二時を指し示そうとしていた。

リハビリを始めてから、気づけばもう二時間ほどが経過している。

「泉さん、そろそろ休憩しましょう。無理は禁物ですよ」

同じく時計を気にしていた若い看護師が、車椅子を押しながら沙耶に歩み寄る。

沙耶は手摺りから手を離すと、車椅子に腰を下ろした。ため息をつき、額から吹き出る汗を拭う。今日も少ししか進むことができなかった。そのことが沙耶の気持ちを暗くする。

「すみません、ちょっと外に出てきます」

沙耶は、車椅子を押してくれようとしている看護師に断ると、一人でリハビリ室を後にした。車椅子を押そうとする看護師の気持ちは、沙耶にとっては余計な気遣いに他ならなかった。一人になりたかった。

エレベーターを使い、一階に降りる。エレベーターを出てすぐの角を右に曲がると、中庭に通じる扉が姿を現した。そこを抜けた所にある、暖かい陽光の降り注ぐ中庭は、老人から小さい子供まで、多くの人で溢《あふ》れていた。沙耶のいる病院はこの町で一番大きかった。中庭も公園のような大きさで、そこはいつも活気に包まれていた。

しかし沙耶は、その活気を少々鬱陶《うっとう》しく感じていた。彼女はこの場所に、そういうものを求めて来ているわけではなかった。

沙耶は車椅子を巧みに動かして目的の場所へと向かった。そこへ行くまでに

何人かに声をかけられたが、適当な挨拶《あいさつ》を返すだけで、沙耶は車椅子を動かす手を止めようとはしなかった。

目的の場所には、ものの数分で着いた。

今、車椅子に座った沙耶の目の前に広がっているのは、色鮮やかな花畑だった。目を奪うほどに輝くような黄色から、落ち着いた気持ちにさせてくれる深い紫色まで、実に様々な花が眼前に咲き誇っている。中庭に吹き抜ける春の心地よい風が、彼女の髪を撫《な》でていく。それに乗って、花の香りが沙耶の鼻をくすぐった。

中庭の中央にある、小さな花畑ほどもある花壇。ここが沙耶にとって、この病院内で唯一の、心の休まる場所だった。ここに来ている間は、足のことも、辛いリハビリ生活のことも、ほんの少しだけではあるが、忘れることができた。大好きな花に囲まれ、その香りに包まれる幸福は、言いようのない安堵感《あんどかん》を彼女に与えてくれた。

だがこの日、そんな沙耶の静かなひと時を、邪魔する者が現れた。それは、何の前触れもなく、彼女のすぐ傍《そば》に来ていた。

「綺麗ですね。僕、花が好きなんです」

男の声だった。突然声をかけられ、沙耶は顔をしかめた。最近の彼女の生活の中では、花を眺めているこの静かな時間だけが癒《いや》しであった。その静けさを邪魔するものは、何であろうと彼女の敵だった。

「そうなんですか」

無視するのも憚《はばか》られたので、軽い返事はしたが、それだけだった。相手の顔を見ることすらしなかった。

しかし男は、沙耶のささやかな敵意に全く気づいていない様子で、なおも話しかけてくる。

「あなたも、花が好きなんでしょう?　いつもここに来てますよね」

「はい、お気に入りの場所なんで」

「あなたみたいな綺麗な人と好みが合ったようで、嬉しいです」

……新手のナンパだろうか。だとしても、大病院にいる、こんな車椅子の女を口説くなんて聞いたことがない。どうかしている。一体、何が目的なのだろうか。沙耶は、横に立っている男に、そこで初めて視線を向けた。

そして、男の姿を見た途端、息を呑《の》んだ。もしこの世に運命というものがあるなら、まさしくこれがそうなのだと思った。

男は、病院とは不釣り合いな黒のスーツを着ていた。彼の清潔感のある短いさらさらの髪を、春の風が揺らす。歳は沙耶より少し上だと思われた。端整な顔をした男は、思わず見惚れてしまっている沙耶に対し、にこやかに笑いかけて言った。

「初めまして、僕は工藤誠司《くどうせいじ》といいます」

「は、初めまして……」

今聞くと、彼の声はとても魅力的に思えた。包み込むように、優しいようで

いて、なおかつ逞《たくま》しい印象も受けた。不思議なことに、先ほど話しかけられたときとは、まるで違ったふうに聞こえる。

更に沙耶の心を惹《ひ》きつけたのは、彼の目だった。切れ長の、柔和な瞳と視線を合わせると、まるで魔法にかかったように逸《そ》らすことができない。そして見つめ合っているだけで呼吸が苦しくなり、切ないような、それでいてずっとこのまま見つめ合っていたいような、そんな不思議な感情の渦に呑みこまれた。こんなことは、生まれて初めてだった。

「すみません、お名前をお伺いしても？」

そう言われ、沙耶は慌てて名乗った。

「沙耶です、泉沙耶です！」

その慌てた様子が面白かったのだろう。工藤と名乗った男は、更に笑顔を浮かべながら言った。

「沙耶さんですか。良い名前ですね」

名前を褒められただけなのに、沙耶の胸の高鳴りは、もはや抑えようがなかった。今や沙耶の耳にまで、自分の心臓の鼓動が届いているほどだった。

それから工藤と話している間は、ほとんど思考が宙に浮いてしまったような感覚が続いた。向こうからすれば、沙耶がぼうっと呆《ほう》けた表情で話を聞いているように見えたかもしれない。工藤の口にした言葉は甘い旋律となり、沙耶の耳から入って脳を揺らし、またどこかへ消えてしまうのだった。

「どうかしましたか？　どこか具合でも悪くなってしまいましたか？」

ずっと沙耶がそんな状態だったので、工藤は心配そうな顔をして顔を覗き込んできた。彼の顔が間近に迫る。たったそれだけのことで、脳内が沸騰してしまいそうなほど、体温が上がるのを感じた。

「だ、大丈夫です」

必死の思いでそう言うが、それでも相手の疑念は消えない。

「少し、日陰に移りましょうか」

そう言うと、工藤は沙耶の後ろに回り、そっと車椅子を押してくれた。車椅子を押してもらうことは、本来、沙耶にとっては嫌なことだった。しかし何故か、工藤にだけは強く言えない。その理由を探しているうちに、いつのまにか中庭の端にある、木陰へと移動していた。

「すみません、わざわざ」

伏し目がちになりながら礼を言うと、工藤はまた爽やかな笑顔を浮かべて首を横に振った。

「いえいえ、あなたが謝ることではないですよ。僕もちょうど、日向は暑いと思っていたところでしたから」

そう言って、工藤は隣にあるベンチへと腰掛けた。彼の視線が、車椅子に座っている沙耶と同じ高さになる。

「少し気分が楽になってきました?」

工藤に尋ねられると、確かに、少しだけ気分が落ち着いてきた気がする。もう、しっかり相手の顔を見ることができた。

工藤は、優しそうな顔をしていた。そう見えるのは、彼が優しい笑顔を浮かべているせいかもしれないが、そんな単純なものではない、彼から発せられている雰囲気そのものが、沙耶にそう思わせているように感じられた。

「はい、ごめんなさい、急に変な感じになっちゃって……」

手を額に当てながら沙耶は言った。

「それで、何の話でしたっけ？」

「ああ、そうそう。僕は先週から何回かここに通っているんですけど、以前、中庭であなたを見かけたんですよ。それで、僕は花が好きなんですが、あなたも花が好きみたいで、その、なんというか、声をかけたいなと思いまして……」

今まではっきりと喋《しゃべ》っていた工藤の声が、だんだんと尻すぼみになる。先ほどまでは沙耶をしっかり見つめていた顔も、次第に俯《うつむ》きがちになっていく。心

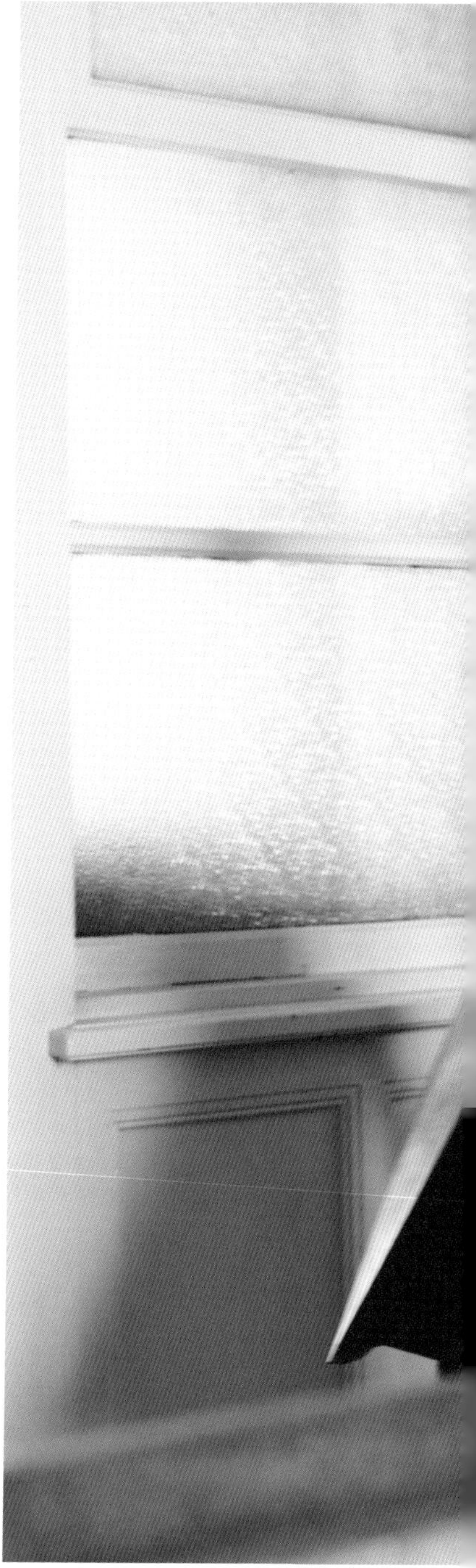

なしか、相手の頰が赤くなっているような気さえした。

そのとき、沙耶は確信した。この不思議な気持ちは、恐らく相手も抱いているのだ。照れ臭いような、恥ずかしいような、もやもやとしたこの感情を、相手も今まさに抱いているのだと。それに気づくと、心が楽になった。緊張しているのは、自分だけではない。

「もしかして……」

少し挑戦的な、悪戯っぽい笑みを浮かべてみる。

「やっぱりナンパですか？」

工藤はしばらく口を噤《つぐ》んでいたが、すぐに観念した。

「……はい」

「ふふふ」

自然と、沙耶の口から笑い声が漏れた。自然に笑うなど、随分久しぶりだった。沙耶が笑うと、工藤もつられるようにして笑った。心地よい風が吹いて、

二人の周りに甘美な花の香りを運んできた。

「良い香りですね」

工藤の言葉に、沙耶も頷《うなず》いた。

それが、泉沙耶と工藤誠司の出会いだった。

*

それから幾日か過ぎ、沙耶たちはたびたび、中庭で会う約束をした。毎日のように、昼下がりの中庭で会って、沙耶は車椅子に、工藤はベンチに腰掛けて話をした。

待ち合わせ場所は、いつも花壇の前だった。正午まで辛いリハビリに汗を流し、時計の針が十二時を指すと同時にリハビリ室を出て、中庭に向かうのが沙耶の日課になった。最近は、病院内の売店で買ったパンを中庭で工藤と食べ、その後に出される昼食が喉を通らないということも多かった。

工藤という男に会ってから、沙耶の表情に活気が戻った。無愛想にしていた看護師への対応も、今では軽い冗談さえ交える余裕が見える。沙耶の生活には、いつしか笑顔が溢れるようになっていた。

中庭で二人が話していることは多くの看護師が知っていて、皆がその様子を温かく見守っていた。今までの沙耶のことを知っている者たちにとって、彼女を明るくさせてくれる工藤誠司という男は、まさに願ってもない存在だった。

しかし不思議なことに、この工藤誠司という男、病院の患者ではなかった。というのも、それ以前に彼の姿を見たことがある看護師が一人もいなかったのだ。この事実は、沙耶を少し驚かせた。

工藤は出会ったとき、「何回かここに通っている」と言っていた。そのときに沙耶を見かけたのだ、と。それならば、何人か顔見知りの看護師がいても良

さそうなものなのだが。

工藤はいつも、清潔そうなスーツを身に纏《まと》っていた。彼は院内でも目立つ存在だった。何故、看護師たちは、工藤の姿を初めて見たというような反応を示すのだろうか。

あるとき不思議に思った沙耶は、直接、工藤に尋ねることにした。しかし彼は穏やかな笑顔を浮かべて、こう返すだけだった。

「僕の顔は印象が薄いんですよ。よく友達にも、覚えにくい顔だって笑われます。ここの病院は見ての通り大きいでしょう？　きっと、一日に何百人もの人の出入りがある。ですから、僕のことを覚えている看護師さんがいなくたって、何もおかしくないですよ」

そう言われてみると、確かに工藤は淡白な、誠実そうな顔をしていた。整っているのに、目立つような顔の特徴も見当たらない。だが何故か、その顔は、沙耶の心を捕えて離さなかった。

今の沙耶は、流行《はや》りのドラマの主役を演じているどの俳優よりも、この工藤という男に魅力を感じ恋焦がれていた。彼が笑えば、心に温かな風が吹いたような気持ちになる。反対に、彼が寂しそうな表情を見せれば、沙耶の心にはどんよりとした靄《もや》がかかったようになる。

恋をしたことはこれまでにも何度かある。最初は確か、小学校に通っていた頃だった。初めて彼氏と呼べる存在ができたのが、高校生のとき。特に恋多き女だったという自覚はないが、人並みに恋愛はしてきたつもりだ。しかし、こんなにも心がときめく恋は初めてだった。そう考えると、もしかしたら、沙耶は今まで本当に人を愛したことなどなかったのかもしれない。

＊

「工藤さん、お仕事は何をしてらっしゃるんですか？」

ある気持ちの良い日の昼時に、沙耶は何気なく尋ねてみた。

工藤はバツが悪そうに頭を掻《か》くと、こう言った。

「それが、これといった仕事には就《つ》いていないんですよね……」

「ならどうしてスーツを？」

「それも、ちゃんとした理由はないんです。ただなんとなく、これが自分に合う服なんで」

そう言われると、確かにそんな気がした。彼がスーツではなく普通の服――例えば英語のロゴが入ったＴシャツを、着ている姿を想像することは難しい。

「では、今はお仕事を探されているということですか？」

そう尋ねたが、それに対しても工藤は首を横に振った。

「実は僕、働く必要がないんです。変な話のように聞こえるかもしれませんが」

沙耶は咄嗟《とっさ》に、幾つかの可能性を考えた。

彼の家はお金持ちなのだろうか。父親が会社の社長か何かで、働かずともそれを継ぐ運命にあるのだろうか。それとも、宝くじで大金を手に入れたのだろうか。

沙耶がそんなことを考えていると、工藤は沙耶の目を見て、ゆっくり口を開いた。

「いつかは言うつもりでした。僕が今から言うことは、きっと沙耶さんには変なことのように聞こえるかもしれません。いや、きっと聞こえるでしょう。でも、どうか我慢して、最後まで聞いてほしいんです」

そう真剣な調子で言われると、沙耶としても頷かざるを得なかった。彼女がゆっくり頷いたのを確認すると、工藤は続けた。次に彼の口から出た言葉は、彼女の想像を遥かに超えたものだった。

「僕は、魔法が使えます」

沙耶の耳は、彼の言葉を確かにそう捉えた。聞き取れない距離ではないし、聞き間違えたとも思えない。目の前の、この工藤という男は、確かに、「自分は魔法が使える」と言ったのだ。

それに対してどう反応したらいいかの知識を、沙耶は持ち合わせていなかった。ただ驚きと困惑の混じった表情で、相手を見つめ返すことしかできなかった。

工藤は、とても冗談を言っているようには見えない。それが更に沙耶を困惑させた。

「さすがに、これだけでは信じてもらえませんよね」

工藤は苦笑しながら、座っている木陰のベンチの下に生えている雑草を、何本かまとめて引き抜いた。弱々しい茎の延長線上には、土にまみれたこれまた弱々しい根っこが繋《つな》がっている。

「よく見てて」

工藤はそう言うと、自分の手のひらに抜いたばかりの雑草を置き、そこを見つめて黙ってしまった。表情は、真剣そのものだ。

すると沙耶の目の前で、信じ難いことが起こった。なんと、その雑草が独りでにゆらゆら動いたかと思うと、パッと、小振りの花を咲かせたのだ。見たこともない、桃色の小さな花だった。そもそも、この雑草が花を咲かせるのかどうかさえ沙耶には分からなかった。それでも今、目の前で起こったことが普通でないことぐらいは分かる。

沙耶は、驚きで声を発するのも忘れて、手のひらの花と、工藤の顔を交互に見つめた。対する工藤はというと、そんな沙耶が愛《いと》おしくてたまらないという

ふうに、熱い視線を送ってきた。満足げな笑みを浮かべながら。

「どうですか？　これで少しは信用してもらえました？」

「他にもいろんなことができるんですか？」

沙耶は彼の手の上に乗っている雑草を指で抓《つま》みながら尋ねた。作り物ではない。正真正銘、生きた植物だった。こんなことが、現実に起こりうるのだろうか。

「できますよ。例えば、こんなこともね」

工藤は視線を病院の建物の方へと移した。それを沙耶の視線も追いかける。

中庭からは、沙耶の病室の窓も見える。朗らかな春の風を取り入れようと、幾つかの窓が開けられていて、清潔感漂う白いカーテンが、それぞれ意思があるかのようにうねっているのが見てとれた。

「ほら」

工藤は建物に向かって右手を突き出すと、伸ばした手を右から左へと移動さ

せた。まるで、目の前にある透明なガラスを撫でるように。するとどうだろう。病院の開いていた窓という窓が、全て手の動きに合わせて右から左へと移動し、閉まったのである。これにはさすがの沙耶も、あっと声を出さずにはいられなかった。

「どうです？」

工藤は、そんな表情の沙耶を見ながら、幾分得意げな様子で尋ねた。ここまで連続で証拠を見せられては、沙耶としても信用せざるを得なかった。

「じゃあ最後にとっておきを」

工藤は両方の袖をまくると、一息つき、両手を地面についた。瞬間、何か目に見えないエネルギーのようなものが脈打つのを、隣にいた沙耶は感じた。

その先に待っていたのは、沙耶の想像を絶する光景だった。

地面から幾本もの芽が顔を出し、途端にその首をもたげて空に向かい、綺麗な色とりどりの花を咲かせたのである。何本かが完全に花開けば、隣からまた新たな芽が顔を出し、花びらを広げる。工藤の手を中心にして、放射状に地面に花が咲いていく。その光景は圧巻だった。

当然、周囲の人々も驚きに目を丸くして、中庭の変化を凝視していた。何人かの子供たちは歓声をあげて、次々に咲いていく花に魅了されていた。

「おっと、張り切り過ぎたせいで、随分注目を集めてしまったようですね」

バツが悪そうな笑顔を浮かべて工藤は言った。しかし花が咲いていく光景に言葉を失っていた沙耶は、それにすぐ返事をすることができなかった。

すると工藤は少し顔を曇らせ、沙耶に向き直ると、潤んだ目で尋ねた。

「すみません、驚かせてしまって。……僕のことが、怖くなってしまいましたか？」

沙耶はすぐに首を横に振った。信じられないことが目の前で起こったのは確かだが、工藤に対しての恐怖心は微塵《みじん》も感じなかった。むしろ、彼に対する想いは余計強まったようにさえ思える。雑草しか生えていなかった地面は、今

や、一面の花畑へと変貌を遂げていた。

「いいえ、素敵な魔法だと思います」

紛れもない、沙耶の本心からなる言葉だった。そう言ってにっこり笑うと、工藤のかげっていた顔もすぐに元の優しい笑みを取り戻した。

「でも、大分目立ってしまいましたね」

沙耶が悪戯っぽく笑ってみせると、工藤は途端に真面目な顔になった。

「ええ、もうここにいることもできなくなってしまいそうです。でも大丈夫。あなたを置いていったりはしません」

「え？」

沙耶は、彼の言葉の真意が分からず、思わず聞き返した。工藤は立ち上がり、辺りに視線を向けている。

「ここにいられないって、どういうことですか？」

車椅子に座っている沙耶を見下ろす形で工藤が答える。

「僕は少々目立ち過ぎました。僕が手を地面についた途端、花が咲き始めたのを見た人もいるはずです。この魔法のことを世間に知られるわけにはいかないんです。僕はもう、ここにいてはいけない」

ここにいてはいけない――その言葉が、沙耶の胸を強く締めつけた。

「どこかに行ってしまうの？」

そう尋ねると、工藤は少しだけいつもの優しい表情に戻って言った。

「沙耶さんも行くんです。勿論《もちろん》、沙耶さんが望めば、ですが」

沙耶は、すぐにでも首を縦に振りたかった。首を縦に振り、車椅子から立ち上がり、彼の手を取って、ここから走り出したかった。けれど、それはできない。

「行きたいです。でも、私の足はもう……」

動かない。そう言おうと沙耶が口を開くと、突然目の前の工藤がしゃがみこんだ。そして彼女の動かなくなった足の膝に両手をかざす。

「え、ちょっと何してるんですか……？」

あまりにも多くのことが起こり過ぎて、沙耶の頭は混乱していた。しかし工藤は沙耶の問いかけには答えてくれない。ただ黙って、手のひらを彼女の膝の辺りにかざしたままじっとしている。下を向いたままなので、その表情から彼の真意を窺い知ることはできなかった。

変化は緩やかに訪れた。沙耶の両足の膝から足首までが、ぼんやりとだが確実に、暖かくなってきている。まるで陽差しが当たっているような、心地のよい暖かさだ。

これもまた、工藤の不思議な魔法によるものなのか。そう沙耶が口を開こうとしたときだ。工藤はゆっくりと手を下ろし、沙耶を見つめて言った。

「さあ、これでもう、あなたは歩けるはずです」

沙耶は今度こそ我が耳を疑った。そして、目の前の男を疑った。

それだけはすぐに信じることができなかった。沙耶の足は、もう満足に動くことはないのだ。その事実は、今まで沙耶をどれほど苦しめてきたことだろう。それでも、沙耶は何とか辛い毎日のリハビリを耐え抜いてきた。事故に遭って以来、自分の感情を押し殺して生きてきた。冗談でも、もう歩けるようになったなんて言ってほしくなかった。

しかし、沙耶を見る工藤の眼差《まなざ》しは、真剣そのものだった。いつも彼が冗談を言うときに見せるような、悪戯っぽい笑みは浮かんでいない。それに、工藤の力はもうすでに、十分過ぎるほど証明されているではないか。

沙耶は目をつむり、息を吸った。そっと足に力を入れようとした。しかし長いこと自力で立ち上がるということをしなかったせいで、力の入れ方というものを忘れてしまったようだ。うまく力が入らない。

「ほら、僕の手に摑まって」

工藤は沙耶の目の前に右手を差し出した。改めて見ると、力強い手だった。

沙耶はそれに両手で摑まると、リハビリを始める際、手摺りを使って体を持ち

上げるときと同じように、両腕と両足に力を込めた。

いつもはこの動作をするだけで、自分でも信じられないくらいに息が切れた。しかし、今はどうだろう。何の苦労もなく立つことなど、もう二度と自分にはできないと思っていた。そう思っていたのに……。

今、沙耶はしっかりと、自らの足で立っていた。地面をしっかりと踏みしめる感覚を味わうのは久しぶりのことに思えた。今までは、形だけは「立っている」ように見えたものの、やはりそれは「立っている」わけではなかった。地球の重力に逆らって、何とか地面に足をつっかえ棒のように突き立てて体勢を維持している、そんな感じだった。あれは「立っている」とは言えない。

沙耶はその場で軽く足踏みをしてみた。

事故に遭った体で、足踏みなどできるはずはなかった。今までの彼女は、足を持ち上げようとすれば、即座にバランスを崩して倒れてしまっていた。ひと

たび気を抜けば、つっかい棒は外れ、沙耶の華奢な体は、地球による陰湿な重力のせいで地面に倒されてしまう。それ故に沙耶は、立っているときは常に、足に全神経を集中させなければならなかった。

しかし今は、自分はまるで違うことを考えている。周囲に立ち込める花の匂い、穏やかな陽の光、靴を通して感じることのできる確かな地面の感触、そこに立っている自分の姿。もう、言うことを聞かない足についてあれこれと思考を巡らせる必要はなかった。

「どうです？　嘘じゃなかったでしょう？」

沙耶はそこでようやく、工藤が傍にいることを思い出した。彼の手を、ずっと握っていたことも。それに気づいた後も、沙耶はその手を離さなかった。

「……まだ信じられない」

そう答えるのが精一杯だった。今まで堪《こら》えてきた感情の波を抑えるのに必死だった。立つだけで涙が流れそうになるなんて、他の人には想像もできないことだろう。だが沙耶にとって、自力で立つということは、それほどまでに素晴らしいことだったのだ。

「さあ、行きますよ。もうあなたは、ここにいる必要はない。外の世界に行くことができるんです」

そう言うや否や、工藤は沙耶の手を引いて突然走り出した。

急に体を引っ張られた沙耶は、倒れないよう慌てて足を前に出した。そしてまた倒れそうになるので、今度は逆の足を出す。それの繰り返し。

気がつけば、沙耶は走っていた。今まで車椅子でのろのろと進んでいた場所を、風になったような気持ちで駆け抜ける。その爽快さは、言葉ではおよそ言い表せなかった。

沙耶の口からは、自然と笑い声が漏れていた。それにつられるようにして、前を走る工藤からも笑い声が聞こえる。二人の笑い声は混ざって一つの風となり、病院の中庭を、廊下を、ロビーを駆け抜ける。

中庭から病院の通路に入り、一目散に正面出口の自動ドアに向かった。彼らの姿を見つけた看護師たちは、皆一様に驚きに目を丸くし、二人に止まるよう大声で叫んだ。しかしそんなものには一切耳を貸さず、二人は手を繋いだまま院内を駆け抜けた。

ロビーには今日も多くの人の姿があった。診察の順番を椅子に座って待つ人、自動販売機でコーヒーを買う人、点滴台を押しながら青白い顔で歩いている人、椅子に座って作業をしている受付の人。そこを走り抜けるとき、好奇の目が一斉に沙耶と工藤に向けられた。だが誰も、彼女たちを止めることはできなかった。

二人はそのまま、自動ドアを抜け、外の世界に飛び出した。高い建物に四方を囲まれた中庭とは違う、自由に溢れた世界。その世界を、これから、自由な足で歩いていくことができる。

工藤が振り返って、沙耶を見つめ、優しい笑みを浮かべた。

大丈夫。彼と一緒なら、どこへでも行ける気がする。
沙耶も精一杯の笑顔で、工藤の笑顔に応えた。

＊

二人はそのまま工藤の家に行った。看護師たちの制止を振り切って病院を抜け出した沙耶には、そこしか行く場所はなかった。家族に何も言わずに飛び出してきてしまったことだけが悔やまれたが、後でこちらから会いにいけば良い。もう少し事態が落ち着いたら、この足で直接、会いにいこう。そう思った。

工藤の家は、閑静な住宅街の一角にある、立派な白い一軒家だった。外見同様、中も綺麗に整頓されていて、悪く言えば、まるで生活感のない部屋だっ

た。しかし、殺風景な病室で長いこと過ごしてきた沙耶にとって、それはあまり気にならなかった。むしろごちゃごちゃしているよりも良い。

「ここを、君の家だと思って過ごしてくれて良いよ」

工藤はそう言った。沙耶には、その言葉が何より嬉しかった。

それから、工藤との生活が始まった。朝早くに起きて朝食を作るのは沙耶の役目だった。ありきたりな物しか作れなかったが、工藤はいつもそれを美味しいと言って残さず食べてくれた。

朝食の片付けが済むと、沙耶は必ずソファに腰掛けて、ザッピングしながらテレビを眺めた。自分の失踪が事件になっていないか心配だったからだ。しかしどこにも、「女子大生が病院から逃げ出す」といったニュースは流れていなかった。

不思議に思った沙耶は、一度だけ、隣にいる工藤に尋ねたことがある。

「なんで私が逃げ出したことはニュースにならないの？」

するとエ藤は、またいつもの悪戯っぽい笑みを浮かべて言った。

「実は逃げ出すとき、ある魔法を使ったんだ。これは一時的なものなんだけどね、あの場にいる全員から、僕たちの記憶を消し去ったんだ。効果は保《も》って半月といったくらいだ。それくらいの時期が過ぎると、だんだんと皆が、君と僕のことを思い出していく。そうしたら、騒ぎになってしまうだろう？　だから、それまでには君はあの病院に戻らなきゃいけない」

沙耶は工藤の腕を抱き寄せると、彼の頼もしい二の腕に顔をうずめた。

「嫌、離れたくない。もうあんな場所には戻りたくない」

「だけど、皆の記憶が戻っても君が病院に戻らなかったら、それこそ新聞やテレビはこぞって君の行方を捜すだろう。警察だって動き出すだろうな」

まるで駄々をこねる幼子を諭すような口調で、工藤は言った。

「だったらもう一度、魔法で私たちの記憶を皆から消して」

その言葉は、いささか工藤を驚かせたようだった。彼は少しだけ、あの温厚

M
MA CHERIE
FRAGRANCE
BODY SOAP
フレグランス ボディソープ
濃密パールハニージュレ配合

な目をいつもより見開いた。

「本当に良いの？」

沙耶はしっかりと首を縦に振った。

「ここにいたい。ここにずっといたいの」

そして、更にきつく、彼の二の腕を抱き締めた。そんな沙耶の柔らかい黒髪を、工藤は愛おしそうに撫でるのだった。


工藤は日中、特にどこへも行かなかった。仕事もしない。けれども、金銭的に不便を感じることはなかった。

「沙耶、よく見ててね」

彼が何も入っていない引き出しを閉め、手を数回かざしてから開けると、そこからは正真正銘の一万円札が溢れ出てくるのである。まるで、金の湧く泉だった。工藤が病院の中庭で言っていた「働く必要がない」という言葉の意味が、このときようやく彼女にも分かった。

沙耶はすっかり工藤の虜《とりこ》だった。沙耶が望めば、工藤は何でも出すことができた。流行りの洋服や高級スイーツまで、彼女の望みを瞬時に叶えてくれた。

しかし何よりも沙耶の心を満たしていたのは、工藤という男の存在そのものだった。彼が傍にいるだけで、彼女はとても落ち着いた気分になれる。彼が優しく触れた箇所は、まるでその部分の肌自体が熱をもっているように、熱く感じられた。

沙耶は、こうして二人で過ごす時間のすべてが愛おしく、これが永遠に続くことを願った。

しかし、工藤の顔色が少し悪くなっていることに、沙耶はそこはかとない不安を覚えていた。

ある日の朝だった。いつもは快活な様子でリビングに入ってくる工藤が、その日は一向に起きてこなかった。心配した沙耶は朝食の用意を終えると、寝室へと向かった。

ドアを開けると、ダブルベッドの端に、頭を抱え込むようにして腰掛けている工藤の姿があった。

「どうしたの……？　大丈夫？」

沙耶は彼の近くに行くと、そっと肩に手を置いた。

「ああ、ごめんね。心配かけてしまって……」

工藤は顔も上げずに言った。そして大きく深呼吸をすると、ゆっくりと立ち上がった。

「もう大丈夫。もともと朝は弱くてね。さあ、今日も美味しい朝ご飯を食べよう」

そう言ったものの、いつもの歯切れの良さは彼の口調にはなかった。無理を

していることは火を見るよりも明らかだった。

そんな日が、幾日か続いた。あるとき工藤は食事の最中にスプーンを取り落とし、またあるときは廊下を歩いている途中で眩暈《めまい》のようなものを起こして壁にもたれ掛かった。彼の体に何かしらの不調が表れていることは、沙耶にも分かった。

「病院に行きましょう」

沙耶は、みるみる弱っていくように見える工藤に言った。しかし、彼はゆっくり首を横に振る。

「行ったって、何も変わらない。どうせ僕の体を調べても、現代の医療で解明できるものなんかないんだから」

「……これも魔法によるものなの？」

最後の質問には、彼は答えなかった。

＊

沙耶が工藤と病院を逃げ出し、新しい生活を始めてから、ちょうど二週間が経とうとしていた。工藤の体調は日に日に悪くなるばかりで、回復の兆しは見えない。沙耶はただ、彼を見守ることしかできず、そんな自分に苛立《いらだ》ちを募らせていた。

そしてある朝、遂に工藤は自力で立つことすらできないほどに弱ってしまっていた。

沙耶は息をするのも辛そうな工藤の枕元に椅子を置き、彼の顔をおろおろと見ていることしかできない。不思議な光を湛《たた》えていた工藤の目も、今では心なしか淀んで見える。

そんな淀んだ目で部屋の天井を見上げ、弱々しく工藤は口を開いた。

「……沙耶、心配かけてすまないね……」

「ううん」

沙耶は首を振って、彼の手を握る。

「でも私、どうしたら良いのか……」

今にも泣き出しそうな沙耶の頬に、工藤の手が伸びて、優しく触れる。その手にいつもの温もりはなく、ひんやりと冷たく感じた。

「ごめん……君にはまだ……話していないことがあるんだ」

ぽつりぽつりと工藤は続ける。

「僕が普通でないことは、もう君は知っているね？　僕のこの力は、生まれもってのものなんだ。……この力を自覚したとき、自分は選ばれし者だと思ったよ」

沙耶は黙って、彼の言葉が続くのを待った。沙耶の意図を知ってか知らずか、工藤はとつとつと続ける。

「でも、この世界には必ず『代償』というものがあるんだ。僕のこの力にも、それがあった」

そこでゆっくり深呼吸を挟む。

「……僕は、眠らないといけないんだ。この力を使うと、どうやら膨大なエネルギーを消費することになるらしい。僕は眠ることで、使ってしまったエネルギーをまた蓄えるんだ」

「眠るって、どのくらい？」

「……五十年」

沙耶の頭には、上手く五十という数字が浮かばなかった。

私は今、何年生きているだろう。今年で二十歳《はたち》だ。私は二十年間、生きている。五十の半分にも満たない数字だ。

「五十年間、僕は一度も目を覚ますことなく、眠り続ける。眠り続け、エネル

ギーを回復させた後、目覚める。でも五十年眠っても、起きていられるのはせいぜい一年といったところなんだ」

「今日で、あなたが目覚めてからどれくらい経っているの……？」

答えは、聞かなくても分かっていた。つまり彼は、もうすぐ五十年もの眠りについてしまうということだ。これで、彼のここ最近の不調の理由がはっきりした。彼の体は今、魔法のせいで限界を迎えているのだ。休息しなければ、彼はどうなってしまうのだろう……？

「でも、君を残して僕だけ眠るわけにはいかない」

顔を苦痛に歪《ゆが》めながら上体だけ起こす工藤は、とても見ていられるものではなかった。

「僕は眠っている間、歳をとらない。何も食べる必要もないし、汗すらかかない。眠りについている僕の時間は止まっているらしい。でも、君は違う……」

「私はその間、ずっと歳をとり続けなければいけないのね……？」

五十年は、あまりに長かった。工藤が次に目覚めたとき、沙耶はもう老婆になっている。彼の姿は変わらずとも、沙耶はそうはいかない。

「あなたは今、何歳なの？」

工藤は自嘲《じちょう》気味な、弱々しい笑みを浮かべた。

「さあね。ちゃんと計算しないと、自分が何年生きているのか分からないんだ。果たして、眠っている間も『生きている』と言えればだけどね」

そして工藤はゆっくりと体を横たえ、瞼《まぶた》を閉じてしまった。呼吸も深いものに変わっている。

「本当にもう時間がないみたいだ。体が動かなくなってしまった」

「待って、いかないで！　私を置いていかないで！」

生気を失いつつある工藤の左手に自分の手を重ね、沙耶は涙ながらに叫んだ。

「あなたのいない世界なんて耐えられない！　私もあなたと一緒に眠りたい！」

涙を抑えることはできず、沙耶の目から流れ出る滴は、二人の重ねられた手の上に落ちる。ぽたぽたと、ゆっくり手の甲を濡らした。

沙耶は、とっくに自分の涙は枯れてしまったものだと思っていた。事故に遭ったときでも、医師にもう足が動かないと宣告されたときでも、辛いリハビリの最中でも、涙を流すことはなかった。薄暗い病院の中で、感情が少しずつ消えていってしまうのを、沙耶はひしひしと感じていた。

それが、工藤に会ってから変わった。人間らしさを取り戻すことができた。笑って、泣いて、自分の足で駆けて……。自分に人間らしさを取り戻させてくれた、かけがえのない存在。そんな存在を、今、沙耶は、失おうとしている。もし彼を失ってしまったら、自分は何を支えに、毎日を生きていけば良いのだろう?

沙耶は神を呪《のろ》った。自分にとって大切なものがようやく見つかったというのに、またしても私からそれを奪おうとするのか、と。

「……一つだけ……」

小さな声がした。

「……一つだけ、君と別れないで済む方法がある」

沙耶は、じっと続きを待った。工藤は、それを言うのを躊躇《ためら》っているようだった。何度か口を開こうとしてから、ため息のようなものを吐き出すということを何度も繰り返した。

「教えて」

「いや、これは僕が自分で禁じた魔法なんだ。これをするには、生じる責任があまりに大き過ぎる」

「覚悟はできてるわ。何が起こっても良い。あなたと離れ離れになって、自分だけ年老いていくなんて嫌なの……」

沙耶は工藤をしっかり見据えて言った。

「本当に、良いの……？」

薄《うっす》らと工藤の瞼が持ち上げられ、光を失いつつある瞳が沙耶を見つめた。沙耶はその視線に応えるように、頷いてみせた。

「ええ」

「君を花に変えて、眠らせる。五十年経ったら、僕がまた、君を元に戻してあげる。元に戻ったとき、君は今の姿のままだ」

*

「それじゃ、いくよ、沙耶」

「うん」

工藤が寝ているベッドの隣にある椅子に、沙耶は姿勢正しく腰掛けていた。

「大きく息を吸って……」

言われた通りに、沙耶は小さな体を空気で満たすかのように、胸を膨らませながら息を吸った。

「そこで止めて」

沙耶が口を結ぶと、工藤の弱々しい手が、沙耶に向かって伸ばされた。その手の先からは、淡い光が漏れ出ている。

「それじゃあ沙耶、五十年後に会おう」

工藤がそう言うと、指先から漏れていた光が眩《まばゆ》い光線となって、椅子に座っている沙耶の体に吸い込まれた。

途端、室内に閃光《せんこう》が走った。

光がだんだんと弱まり、室内の様子が次第に見えてくるようになると、そこに沙耶の姿はなかった。部屋の中に残っていたのは、ベッドに横たわっている工藤と、傍にある椅子、そして沙耶が座っていた所にぽつんと現れた、一輪の小さな花だった。

黄色い花びらが鮮やかな美しい花は、茎の途中から切り取られていた。まるで、近くにあった花壇からつみ取ってきたばかりのように。根を失ったその花は、弱々しくそこに横たわっていた。

工藤は目を細めてその花をしばらく観察すると、ゆっくりベッドの上に身を起こした。そして椅子の上にある花を手に取ると、それを慎重に目の高さまで持ち上げ、うっとりと恍惚《こうこつ》の表情を浮かべた。

満足のいくまで花を眺めると、工藤はそれを両手で大切に持ちながら部屋を出た。

沙耶がいつも料理を作っていた台所や、二人で腰かけていたソファのあるリビングを通り抜けた。

工藤は、家の一番奥にある、重い鉄扉《てっぴ》の前に立った。

前に一回だけ、沙耶に尋ねられたことがある。この先には何があるのかと。

工藤はこう答えた。この先には薄暗い地下室があるだけだよ。

扉を開けると、事実、地下へと続く階段が姿を現した。壁にある照明のスイッチを入れ、白々しい蛍光灯の光に照らされた階段を、工藤は一歩、また一歩と下りていく。

階段を下りた先には、もう一つ鉄扉があった。工藤はその取っ手に手を掛けると、力をこめて扉を押し開けた。ぎぎぎ……という錆びついた鉄同士が擦《こす》れ合う不快な音が響き渡る。

扉の先に待っていたのは、さっきまで彼がいたのとは、全く雰囲気の異なる場所だった。薄暗い地下へと続く階段の先に、こんな世界が続いていると誰が想像できるだろうか。

扉の向こうにあったのは、暖かな光と豊かな緑、流れる水の音と、芳醇《ほうじゅん》な土の香りに満ちた空間だった。何も知らずにこの扉を開けた者は、まるで突然森の中に出たかと錯覚するだろう。

工藤は、そんな異質な空間、地下にある広大な温室にゆっくりと足を踏み入れた。後ろ手で重い扉を閉め、中の暖かな空気が外に漏れないようにすると、彼は温室の中央に向かった。

中央には、ガラス製の透き通った花瓶があった。水が半分ほどまで溜まっている。工藤はその花瓶に、かつて沙耶であった、小さな一輪の花を挿した。そうして、満足げな笑みを浮かべた。それは沙耶には決して見せたことのない歪んだ笑みだった。

沙耶であった花が挿された花瓶の横には、同じように綺麗なガラス製の花瓶があった。そこにはすでに花が生けられている。目を見張るような、鮮やかな赤だ。その隣にも花瓶があり、深い紫色の花が挿されていた。その上にも花を生けた花瓶が。その下にも花瓶が。その隣にも上にも下にも隣にもその隣にも上にも隣にも下にも……。

そこには、無数の花瓶があった。

工藤は、そんな花瓶が並べられている隣にある机の引き出しから、プレート

とペンを出した。そして慣れた手つきで、小さなプレートに文字と数字を書いていく。

〈泉沙耶 57〉

そしてそれに細い鎖を通して、沙耶であった黄色い花が生けられている花瓶にかけた。隣には、〈畑中桜 56〉というプレートが下げられた花瓶がある。

工藤は黄色い花を嘗《な》め回すようにもう一度見ると、机の引き出しから、今度は新しい花瓶を取り出した。まだ何も入っていないそれに、近くの水道から汲んだ水を入れ、〈泉沙耶 57〉の隣のスペースに置く。60までいったら、棚をもう一段新たに増設する必要がある。工藤は自分のコレクションを前にして、自然と口角が上がってしまうのを抑えられなかった。

彼女たちは、もう死ぬことはない。

人生に苦悩することも、叶わぬ恋に身を焦がすこともない。

彼女たちは生きるのだ、永遠に。

永遠という名の花になって。

工藤はコレクションに背を向けると、その温室から出て行った。もう沙耶がいなくなったので、気怠《けだる》そうな演技をする必要もなかった。快活な調子で、階段を上る。

もし彼が温室の扉を閉めるとき、後ろを振り返っていれば、57番の黄色い花びらの間から滴が一つ落ちたのを見ることができたかもしれない。それが沙耶の涙だったのか、はたまた全く関係のないものなのか、それは誰にも分からない。

＊

柔らかな陽の光を感じて、沙耶はふと目を覚ました。

どれくらい眠っていたのだろう。幾日も過ぎたようにも思えるし、ほんの一瞬のようにも感じられる。心地よい気怠さの中で、沙耶は自分を見つめる工藤の視線に気づいた。

深く澄んだ懐かしい瞳。すべてを包み込むようなその眼差しを目にしたとき、沙耶は夢と現実の境界線が溶けていくような不思議な感覚にとらわれ、混乱する。

——私は、まだ夢の中にいるの？

「沙耶、僕を忘れちゃったの？」

笑みを含んだ工藤の声が、沙耶の心に柔らかく届いた。

忘れない。忘れるはずがない。私たちは奇跡のように出会って恋をして、もう離れられないのだから。沙耶は、何かを確かめるように工藤に語りかけた。

「私、夢を見ていたみたい。不思議な夢」

「どんな夢?」

「あなたが悪い魔法使いで、私を花に変えようとするの。でもあなたは……」

工藤を見つめながら、沙耶は花びらを揺らすように囁いた。

「花より愛を選ぶの」

そのとき、甘美な香りが沙耶から放たれ、工藤は満足げに微笑《ほほえ》んだ。

どこからか、水の流れる音がする。芳醇な土の香り。金色に輝く光。

沙耶は、満たされていた。これが夢でも魔法でも構わない。永遠に続いてほしい。沙耶は心からそう願っていた。

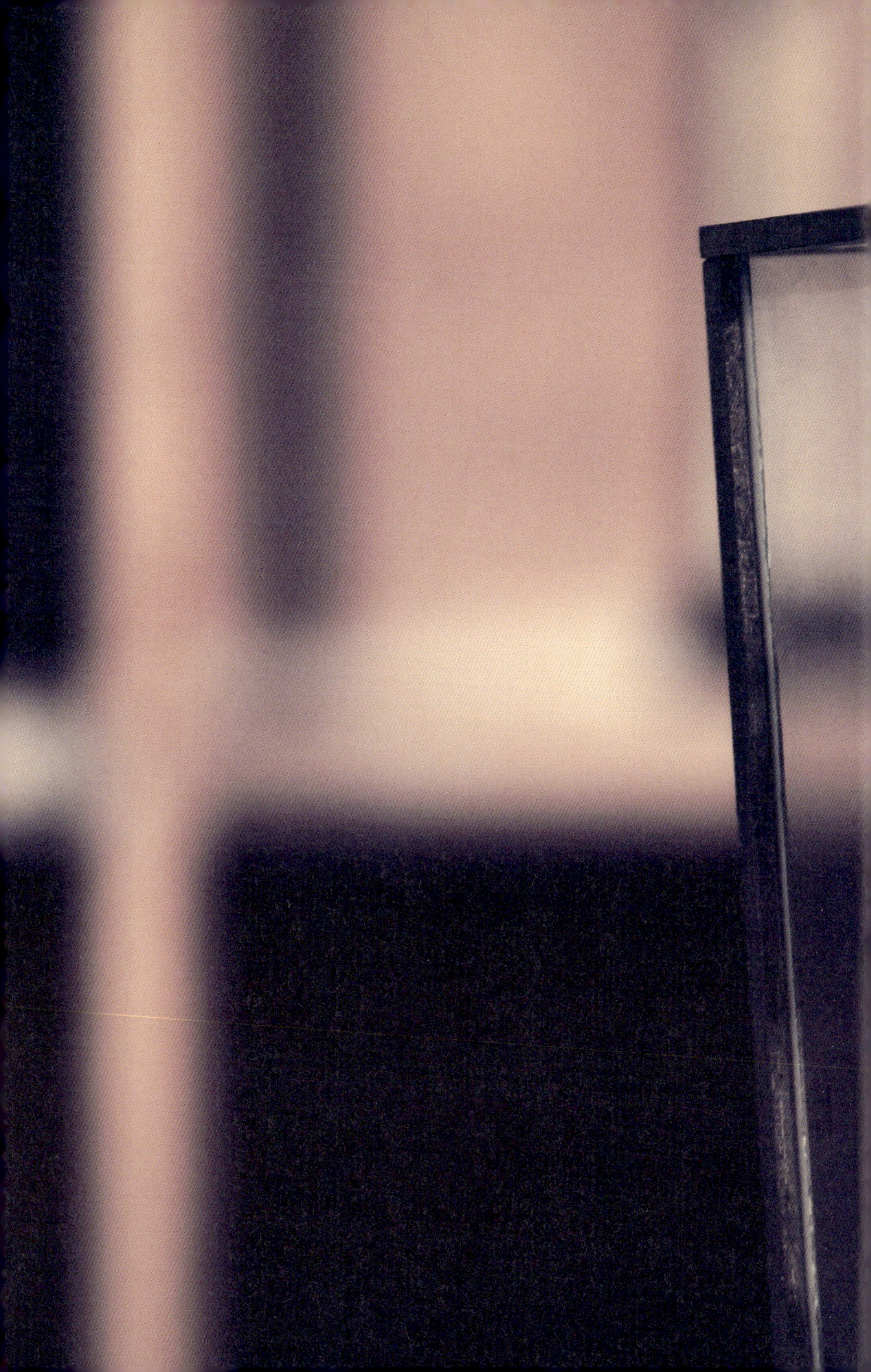

テキスト　山本蓮

出演　小松菜奈
Nissy（西島隆弘）

ブックデザイン　山本コージ
フォトグラフ　金澤正人
カバーオブジェ　タナカマコト

協力　三木孝浩
瀬田なつき
原暁美

永遠という名の花

2017年5月25日 第1刷発行
2017年6月 5日 第3刷発行

著 者 山本 蓮

発行者 見城 徹

発行所 株式会社 幻冬舎

〒151-0051 東京都渋谷区千駄ヶ谷4-9-7
電話 03(5411)6211(編集)
03(5411)6222(営業)
振替 00120-8-767643

印刷・製本所 図書印刷株式会社

検印廃止

Printed in Japan
ISBN978-4-344-03114-2 C0093

幻冬舎ホームページアドレス http://www.gentosha.co.jp/

この本に関するご意見・ご感想をメールでお寄せいただく場合は、
comment@gentosha.co.jp まで。